LESEZUG-Klassike

Liebe Mütter, liebe Väter, liebe Omas,
liebe Opas, liebe Tanten, liebe Onkel,
liebe Lehrerinnen und Lehrer!

Kinder, die schon gut lesen können, wollen ihre Lesekompetenz auch an längeren Geschichten erproben. Die Bücher sollen sich in Format und Umfang von den Erstlesebüchern unterscheiden. Sie sollen auch eine Vielfalt an Geschichten und Themen bieten, um das Lesen in lustvoller Weise trainieren zu können.

Mit den Lesezug-Klassikern wird dieses Angebot um die schönsten Schätze der Weltliteratur erweitert: Die bekanntesten und beliebtesten Klassiker werden von österreichischen Autorinnen und Autoren neu nacherzählt. Die Geschichten sind in einfacher Sprache, dennoch mit Spannung und auch Witz geschrieben. Durch zahlreiche altersgemäße Illustrationen werden Kinder zusätzlich zum Weiterlesen motiviert. Wissenswerte Informationen zum Originaltext runden das Leseangebot ab.

Am Ende des Buches gibt es „Spiel- und Spaß-Seiten" mit altersgerechten Aufgaben und Fragen, die mehr als nur unterhaltsam sind: Sie zeigen, ob das Buch aufmerksam gelesen und verstanden wurde.

Wir wünschen Ihren Kindern viele tolle Leseerlebnisse!

Ihr G&G Verlag
Lesepädagogisches
Lektorat

Besonders möchten wir Sie darauf hinweisen, dass der G&G-Lesezug vom **Österreichischen Buchklub der Jugend** empfohlen wird!

Alexandre Dumas

Die drei Musketiere

Neu erzählt von Barbara Schinko

Mit Illustrationen von
Bernd Lehmann

G&G

Begleitmaterial zu diesem Buch finden Sie unter
www.lesezug.at
zum Gratis-Download!
Weitere Informationen siehe Seite 72.

www.ggverlag.at

www.lesezug.at

ISBN 978-3-7074-2354-9

In der aktuell gültigen Rechtschreibung

2. Auflage 2023

Reihengestaltung: Carola Holland
Illustration: Bernd Lehmann

Gesamtherstellung: Imprint, Ljubljana

Inhalt

Drei Duelle

Hallo! Ich heiße d'Artagnan. Wie man das ausspricht? Dar-tan-jo. Als junger Mann hatte ich einen Traum: Ich wollte Musketier werden. So nennt man Soldaten, die mit Musketen schießen, einer Art von Gewehren. Die Musketiere sind die tapfersten Kämpfer des französischen Königs. Sie können auch besonders gut mit ihren Degen fechten.
Ich verließ also mein Zuhause auf dem Land und ritt in die Hauptstadt Paris. Mein Vater gab mir zum Abschied diesen Rat: „Kämpf mit so vielen Männern wie möglich."
„Sind Duelle denn nicht verboten?", fragte ich.
„Doch", sagte mein Vater. „Umso besser! Alle werden deinen Mut bewundern."
Für mich klang das logisch.
In Paris besuchte ich Herrn von Treville, den Kapitän der Musketiere. Er war ein guter

Freund des Königs und der Königin und ein erklärter Feind des mächtigen Kardinals Richelieu*. Leider konnte er mich nicht einfach den Musketieren beitreten lassen. Dafür, sagte er, müsste ich erst meine Tapferkeit beweisen. Nur wie?

* Aussprache: Ri-schel-jö

Beim Rausgehen prallte ich auf der Stiege gegen einen Musketier. Athos, so hieß er, schrie vor Schmerz auf. Er hatte nämlich eine Verletzung an der Schulter, und ausgerechnet gegen diese war ich gestoßen!

„'Tschuldigung", murmelte ich.
Athos hielt mich fest. „'Tschuldigung?", spottete er.
„Ist das die Art von Höflichkeit, die man auf dem Land lernt?"
Er wollte Ärger mit mir? Den konnte er haben!
„Soll ich dir zeigen, was man auf dem Land lernt?", rief ich zornig.
Athos nickte. „Gerne. Aber wenn wir uns hier duellieren, wird uns die Garde des Kardinals verhaften. Treffen wir uns lieber um zwölf Uhr Mittag hinter dem Kloster außerhalb der Stadt."
„Abgemacht!" Unsere Wege trennten sich.
Unten beim Tor stand ein zweiter Musketier: Porthos. Er war kräftig und sehr eitel.
Besonders stolz machte ihn sein Schwertgurt, der mit Goldfäden bestickt war.
Gerade als ich vorbeikam, hob der Wind Porthos' roten Samtmantel. Ich verhedderte

mich darin und hatte schon Angst, mit meinem Degen den bestickten Schwertgurt zu zerkratzen. Aber was entdeckte ich? Die hintere Hälfte des Gurts, über der normalerweise der Mantel hing, war bloß

unbesticktes Leder! Porthos, dieser eitle Schlawiner, konnte sich nämlich nur einen halben vergoldeten Gurt leisten.
Ich befreite mich und lief weiter. „He!“, schrie mir Porthos nach. „Hast du keine Augen im Kopf?“
Das ärgerte mich!
„Doch, doch“, gab ich frech zurück. „Und dank meiner guten Augen sehe ich sogar mehr als andere.“
Porthos wurde vor lauter Zorn ganz rot im Gesicht. Er konnte sich ja denken, dass ich seinen Schwertgurt meinte. War es ein Wunder, dass auch er mit mir kämpfen wollte?
„Treffen wir uns um ein Uhr hinter dem Kloster?“
„Abgemacht!“, versprach ich.
Auf der Straße vor dem Haus begegnete mir ein dritter Musketier: der schlaue Aramis.
Und auch mit ihm geriet ich gleich in Streit.

Du kannst dir sicher denken, wie das ausging, oder? Genau: mit einer Verabredung zum Duell. Auweia! Mir wurde vor Aufregung ganz schwindelig. Da war ich nun erst einen Tag in Paris und schon hatte ich mir drei Musketiere zu Feinden gemacht. Ob ich das überleben würde?

Die Unzertrennlichen

Pünktlich um zwölf traf ich Athos bei dem Kloster. Er hatte zwei Freunde als Zeugen unseres Duells mitgebracht: Porthos und Aramis.
„Ich werde mit ihm kämpfen!“, rief Porthos, als er mich sah.
„Aber erst um ein Uhr“, sagte ich.
„Und ich“, warf Aramis ein.
„Erst um zwei Uhr.“
Athos und ich zogen unsere Degen. Wir kreuzten sie gerade, da riefen Porthos und Aramis: „Halt!“
„Was ist los? Wer kommt?“
„Die Garde des Kardinals!“, rief Porthos.
Aramis zeigte auf fünf Männer in roten Uniformen.
Deren Anführer Jussac marschierte direkt auf Athos zu. „Na so was, wen haben wir denn da? Wisst ihr nicht, dass Duelle verboten sind?“

Und er befahl seinen Leuten: „Verhaftet diese Musketiere."
Sofort zogen Porthos und Aramis ihre Degen und traten neben Athos.
„Sie sind zu fünft", hörte ich Athos murmeln.
„Wir nur zu dritt... und ich noch dazu verwundet."

Ich stand vor einer Entscheidung, die mein ganzes Leben verändern würde. Sollte ich mich auf die Seite der Garde schlagen oder auf die der Musketiere?
„Du irrst dich. Ihr seid nicht drei, sondern vier", sagte ich zu Athos.
„Ich trage zwar nicht dieselbe Uniform wie ihr, aber im Herzen bin ich einer von euch."
Athos nickte mir zu. Porthos klopfte mir auf die Schulter und Aramis lächelte. Wir überkreuzten die Spitzen unserer Degen und riefen zum ersten Mal unseren Wahlspruch:
„Alle für einen! Und einer für alle!"

Dann stürmten wir den fünf Gardisten entgegen. War das ein Kampf! Jussac, der Anführer der Gardisten, hatte viel mehr Fechterfahrung als ich. Aber ich verteidigte mich nach Kräften und griff ihn von allen Seiten an. Er hatte seine liebe Not mit mir. Dass er gegen so ein Bürschchen wie mich nicht gewinnen konnte, machte ihn zornig. Und unvorsichtig! Als er auf seine Deckung vergaß, nutzte ich meine Chance und verpasste ihm einen Stich in die Brust. Stöhnend sank er zu Boden.
Ich sah mich nach meinen Freunden um. Athos war sehr blass und kämpfte mit der linken Hand, weil ihn sein rechter Arm zu sehr schmerzte. Ganz klar, er brauchte Hilfe.
„Hier bin ich!", rief ich seinem Gegner zu. „Kämpf mit mir, wenn du dich traust!"
Kaum wandte sich der Gardist von ihm ab, sank Athos auf die Knie. Nur seine Tapferkeit hatte ihn aufrecht gehalten.

Nach einem kurzen Gefecht flog der Degen meines Angreifers durch die Luft und landete im Gras. Ich war schneller dort als er und stellte meinen Fuß darauf.
Aramis hatte inzwischen schon zwei Gardisten besiegt. Der Letzte stand uns vieren plötzlich ganz allein gegenüber und gab auf.
Die Gardisten schleppten ihre Verwundeten zum Kloster, wir aber behielten ihre Degen, die wir erfolgreich erbeutet hatten.
Arm in Arm schlenderten wir zurück in die Stadt.
Auf unserem Weg trafen wir ein paar weitere Musketiere, so sprach sich unser Abenteuer rasch herum.
Sogar der König hörte davon.
„Vergesst nicht, dass Duelle verboten sind", ermahnte er uns laut, aber heimlich schenkte er uns einen Beutel voller Goldmünzen und nahm mich in seine Garde auf. Schon in ein, zwei Jahren könnte ich ein Musketier werden!

Von diesem Tag an waren wir vier die besten Freunde. Athos, unser Anführer, sprach wenig und regte sich nie auf, egal ob er beim Würfelspiel gewann oder verlor. Er kam aus einer vornehmen Familie, hatte jedoch sein Schloss und seinen Adelstitel aufgegeben und lebte nun als einfacher Soldat.
Niemand wusste warum. Manche flüsterten, es hätte mit einer Frau zu tun.
Porthos war das Gegenteil von ihm: eitel und nicht besonders klug, aber laut, gesprächig und immer gut gelaunt. Der stille Aramis schrieb Gedichte und träumte davon, seinen Degen an den Nagel zu hängen und Priester zu werden. Gemeinsam trainierten wir Fechten, spielten mit Würfeln und Karten, ließen uns das Essen schmecken und tranken

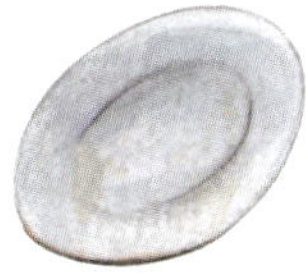

guten Wein. Obwohl ich noch kein Musketier war, leistete ich meinen Freunden bei ihren Wachdiensten stets Gesellschaft, sodass man uns bald überall „die Unzertrennlichen“ nannte. Ich hatte ein Zimmer im ersten Stock eines Hauses gemietet. Die Wirtsleute wohnten unten. Einmal hörte ich von dort schrille Schreie. Eine Frau war in Gefahr! Blitzschnell öffnete ich mein Fenster und sprang hinunter auf die Straße. Meinen Degen in der Hand stürmte ich durch die Haustür.

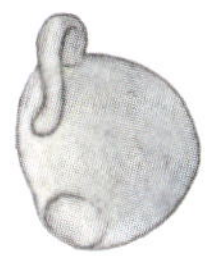

Damit hatten die vier Übeltäter drinnen nicht gerechnet! Nur einer war bewaffnet. Die anderen gingen mit Stühlen, Hockern und Geschirr auf mich los, doch ich konnte sie alle in die Flucht schlagen.

Konstanze, die junge Wirtin, ergriff dankbar meine Hand. „Du hast mich gerettet.“

„Warum waren diese Männer hinter dir her?“

Sie legte einen Finger an die Lippen, um anzudeuten, dass das, was jetzt käme, ein großes Geheimnis wäre. „Sie waren nicht hinter mir her“, flüsterte sie. „Es geht um die Königin.“

Die Diamanten der Königin

Die Königin!
Anna von Österreich war jung und schön. Sie hatte unseren König nur aus politischen Gründen geheiratet. Ganz Frankreich wusste, dass er sie oft schlecht behandelte. Doch zugleich gab es einen Engländer, den Herzog von Buckingham. Er war in die traurige, junge Königin verliebt. Ständig schrieb er ihr und bat sie um ein Zeichen ihrer Zuneigung. Darum hatte sie ihm vor einiger Zeit ihre wertvollen Diamantknöpfe geschenkt.
Der König wusste davon nichts, wohl aber der Kardinal Richelieu. Er war so mächtig, dass viele ihn den wahren König von Frankreich nannten.
Und er war schlau:
Damit ihm der König

glauben würde, hatte er diesen dazu überredet, ein großes Fest zu veranstalten. Dabei sollte die Königin ihre Diamantknöpfe tragen. Wenn sie das nicht täte, wäre es der Beweis für ihre geheimen Treffen mit Buckingham.

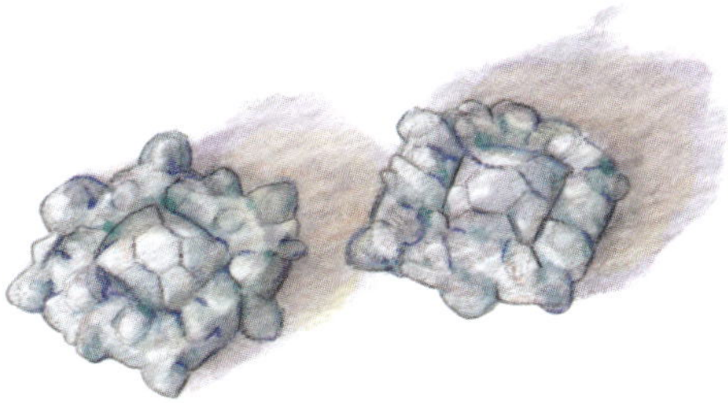

Das alles erzählte mir Konstanze. Sofort wusste ich, was zu tun war: Ich würde nach London reisen und die Diamantknöpfe zurückholen!

„Stell dir das nicht zu einfach vor“, warnte mich Treville.

„Der Kardinal hat überall seine Attentäter und Spione. Alleine schaffst du es nie bis nach London.“

„D’Artagnan ist nicht allein!“, riefen Athos, Porthos und Aramis.

„Einer für alle, und alle für einen!“

Zu viert machten wir uns also auf den Weg.

„Wenn einer von uns auf der Strecke

bleibt", sagte ich, „reiten die anderen weiter. Es geht um die Ehre der Königin."
Am zweiten Tag der Reise frühstückten wir in einem Gasthaus. Ein Fremder setzte sich zu uns. Er hob seinen Becher. „Trinken wir auf die Gesundheit des Kardinals."

„Gerne", sagte Porthos. „Wenn du nachher mit uns auf die Gesundheit der Königin trinkst."
„Niemals", sagte der Mann.
„Du Verräter!", rief Porthos.
Sie zogen ihre Degen und fingen an zu kämpfen. Athos, Aramis und ich sahen einander an. Wir durften keine Zeit verlieren.
„Komm nach, wenn du ihn besiegt hast!", riefen wir Porthos zu und eilten hinaus zu unseren Pferden.

Zu dritt galoppierten wir davon.
Einige Bauern schaufelten am Straßenrand Erde. Sie schwangen die Schaufeln so wild, dass ein paar Klumpen Erde auf Aramis' Stiefeln landeten.
„Passt doch auf, ihr Dummköpfe", schimpfte Aramis. Da zückten die Bauern Musketen und fingen an zu schießen! Wir trieben unsere Pferde vorwärts. Aramis schrie auf. Eine Kugel hatte seine Schulter durchbohrt. Zwar konnten wir flüchten, aber bald war er zu schwach, um weiter zu reiten. Daher ließen wir ihn in einem Gasthaus zurück.
Nur mehr zu zweit erreichten Athos und ich die Stadt Amiens. Statt uns je ein Zimmer zu nehmen, schliefen wir gemeinsam auf Matratzen in der Gaststube und blockierten die Tür. Am Morgen sattelte ich unsere Pferde. Athos zahlte die Rechnung.
„Betrüger!", hörte ich den Wirt schreien.

Ich rannte in die Stube. „Du gibst mir Falschgeld? Dafür lasse ich dich verhaften!“ Athos schrie zurück: „Du nennst mich einen Betrüger? Dafür schneide ich dir die Ohren ab!“ Er zog seinen Degen.
Da kamen vier bewaffnete Männer durch eine Seitentür und stürzten sich auf ihn.
„Ich halte sie auf!“, rief Athos. „Vorwärts, d'Artagnan! Denk an die Königin!“
Was blieb mir übrig? Ich lief nach draußen. Athos war der beste Fechter von uns. Ganz bestimmt würde er seine Gegner besiegen.
Allein kam ich im Hafen von Calais an. Und erfuhr dort, dass niemand ohne einen Brief des Kardinals Frankreich verlassen durfte. Was nun? Während ich überlegte, begegnete mir ein Spion des Kardinals, der auch nach England wollte. Das war meine Chance!
„Gib mir deinen Brief!“, schrie ich und stürmte mit dem Degen in der Hand auf ihn zu.

Wir kämpften. Ich versetzte meinem Gegner drei Stiche und rief dabei: „Für Athos! Für Porthos! Für Aramis!“

Der Spion sank zu Boden. Aber als ich ihm den Brief entriss, stieß er mir seinen Degen in die Schulter und keuchte: „Und das hier ist für dich!“

Mit letzter Kraft schleppte ich mich zu einem Schiff, das gerade die Segel setzte. Während der Überfahrt untersuchte ich meine Verletzung. Sie war zum Glück nicht schlimm.

Am nächsten Morgen erreichten wir den Hafen Dover. Von dort ritt ich nach London. Dann nach Windsor, denn Buckingham war mit dem englischen König dort auf der Jagd. Als ich ihm alles erzählte, gab er mir sofort die Diamantknöpfe. So schnell ich konnte, reiste ich zurück nach Paris.

Konstanze freute sich sehr, mich zu sehen!

Und die Königin konnte bei dem großen Fest ihre Diamantknöpfe tragen. Zum Dank für meine Hilfe schenkte sie mir einen Ring mit einem Diamanten daran, der wohl tausend Goldstücke wert war.

Die Feindschaft des Kardinals

Nur einer freute sich nicht über meine erfolgreiche Rückkehr: der Kardinal.

„Soll ich dir einen Rat geben?“, fragte mich Treville.

„Ich bitte darum.“

„Verkauf deinen Diamantring und verlass mit dem Geld Paris. Der Kardinal wird alles tun, um sich an dir zu rächen.“

„Das Geschenk meiner Königin verkaufen? Niemals!“, rief ich empört. „Außerdem bleibe ich in Paris. Konstanze will sich heute Abend mit mir treffen.“

Zum vereinbarten Zeitpunkt ritt ich zu einem Haus außerhalb der Stadt. Der Weg führte durch einen düsteren Wald. Wann immer sich ein Zweig im Wind bewegte, kam es mir vor, als würde ein Attentäter des Kardinals nach mir greifen.

Aber ich wollte nicht feige sein und trieb mein Pferd an.
Endlich erreichte ich das Haus. Die Fenster waren verdunkelt, nur im ersten Stock brannte Licht. Dort musste Konstanze sein! Ich stieg vom Pferd und wartete auf ihr Zeichen.
Die Kirchturmglocken schlugen zehn Uhr. Dann halb elf. Und noch immer kein Zeichen von Konstanze. War etwas passiert?
Neben dem Haus wuchs eine Linde. Ich kletterte hinauf, damit ich in das beleuchtete Zimmer sehen konnte.
O nein! Die Tür stand offen. Der Tisch war umgeworfen. Die Scherben zweier Gläser lagen zwischen Weinpfützen und zertrampeltem Obst auf dem Boden. Ich sprang vom Baum und rannte zur Haustür. Dort waren Hufspuren und die Abdrücke von Rädern. Ganz klar, jemand hatte Konstanze in eine Kutsche gezerrt und sie entführt!

Niedergeschlagen ritt ich nach Hause. Ich musste Konstanze finden. Aber wie?
Auch meine Freunde, die inzwischen zurück in Paris waren, wussten keinen Rat. Nach langem Suchen fand ich doch eine Spur: Ein Dienstmädchen erzählte mir, ihre Herrin wäre mit einer jungen Frau in einer Kutsche

davongefahren. Diese Herrin nannte sich Milady.
„Nimm dich in acht", warnte mich Athos, als ich ihm davon berichtete.
„Bah! Ich fürchte mich nicht vor dieser Milady. Was kann sie mir schon tun?"
„Wer weiß?" Athos sah an mir vorbei. Sein Gesichtsausdruck wirkte so abwesend, als würde er in die Vergangenheit blicken. „Ich kannte mal eine Frau, vor der sogar der Teufel selbst davongelaufen wäre."
„Wo ist sie?"
„Sie ist tot." Erst jetzt sah mich Athos an.
„Nimm dich in acht", befahl er mir noch einmal.
Mir blieb keine Zeit, um weiter nach Konstanze zu suchen. Mein Regiment sollte nämlich zur Belagerung der Hafenstadt La Rochelle* ziehen. Die Musketiere würden später mit dem König nachkommen.

* Aussprache: La Ro-schell

Am Abend vor meiner Abreise erhielt ich einen Brief mit einem roten Siegel. Darin stand, dass mich der Kardinal in seinem Palast erwartete.

„Geh lieber nicht hin", riet mir Porthos. „Er lässt dich womöglich verhaften."

„Und wenn schon! Soll ich feige sein und mich verstecken?"

„Aber was, wenn du im Gefängnis landest?", fragte Aramis.

„Dann holt ihr mich raus. Oder?"

„Natürlich!"

Meine Freunde begleiteten mich zum Tor des Palasts und versprachen, dort auf mich zu warten. Trotzdem bekam ich ein bisschen Angst, als ich die Treppe zum Arbeitszimmer des Kardinals hinaufstieg.

„D'Artagnan", begrüßte er mich. „Wir sind

einander noch nie begegnet, aber ich weiß alles über dich. Ich weiß, wer meinen Spion in Calais so schwer verwundet und wer die Diamantknöpfe aus London zurückgebracht hat. Ich weiß sogar, von wem du diesen Ring hast."
Rasch bedeckte ich meine rechte Hand mit der linken. Zu spät! Der Kardinal hatte den Diamant der Königin schon gesehen.
„Du bist mutig und schlau", fuhr er fort. „Ich brauche solche Männer wie dich. Willst du in meine Garde eintreten?"
Damit hatte ich nun wirklich nicht gerechnet! Aber es gab nur eine Antwort. „Ich kann nicht. Ich gehöre zur Garde des Königs."
Verächtlich kräuselte der Kardinal seine Lippen. „Zur Garde des Königs? Wohl eher zur Garde der Königin."
„Ich diene dem König", wiederholte ich fest. „So wie es meine Freunde tun. Sie sind Musketiere, und mein Platz ist bei ihnen."

„Na gut", sagte der Kardinal. „Aber ich muss dich warnen. Ich beschütze meine Freunde, doch meine Feinde fürchten mich. Willst du mein Freund oder mein Feind sein, d'Artagnan?"
Selbst nachdem ich den Palast verlassen hatte, verfolgten mich diese Worte. Sie klangen bedrohlich und ich ahnte, dass ein Unglück auf mich wartete.

Kugeln und Wein

Früh am Morgen machte sich mein Regiment auf den Weg nach La Rochelle. Während wir in der Nähe der Hafenstadt unser Lager aufschlugen, dachte ich an den Kardinal. Er war nun mein Feind, genauso wie Milady, die Frau, die Konstanze entführt hatte. Mächtige Feinde überall... und was hatte ich schon? Nur den Diamanten der Königin an meinem Finger. Beim Nachdenken hatte ich mich ein Stück vom Lager entfernt. Hohe Hecken wuchsen neben der Straße. Plötzlich sah ich, wie die Sonne auf etwas Glänzendes zwischen den Zweigen und Blättern schien.
Den Lauf einer Muskete!
Ich warf mich in Deckung und bemerkte eine zweite Muskete. Ein Hinterhalt! Keine Sekunde zu früh presste ich mich auf den Boden. Ein Schuss knallte! Die Kugel pfiff über meinen Kopf.

Eilig sprang ich auf und rannte mit klopfendem Herzen davon. Der zweite Attentäter schoss auf mich, und diesmal durchschlug die Kugel meinen Hut.
Ich ließ mich fallen und bewegte mich nicht mehr. Wer hatte diese feigen Attentäter geschickt? Der Kardinal? Oder Milady? Ich musste es herausfinden. Ach, wären nur meine Freunde hier!

Zwei Paar Stiefel näherten sich. Die Attentäter hatten ihre Musketen nicht nachgeladen, denn sie hielten mich ja für tot. Ein schwerer Fehler. Ich sprang auf und griff an. Einer der Männer schwang seine Muskete wie einen Knüppel. Ich duckte mich unter seinem Hieb weg und stach mit dem Degen zu. Erschrocken warf er das Gewehr ins Gebüsch und lief davon. Der andere stolperte und stürzte.

Ich setzte die Spitze des Degens an seine Kehle.

„Gnade!“, bettelte er. „Was muss ich tun, damit du mich am Leben lässt?“

„Sag mir, wer dich geschickt hat.“

„Eine Frau. Ich kenne sie nur als Milady.“

Milady! „Was weißt du über sie?“

„Sie hat deine Freundin entführt“, keuchte er mühevoll.

„Konstanze? Wo ist sie?“, schrie ich.

„Ich weiß es nicht. Ehrlich! Sie ist Milady entkommen.“

Mein Herz jubelte. Was für eine wundervolle Nachricht! Konstanze war frei.
Als ich meinen Gefangenen ins Lager brachte, wartete dort eine Überraschung auf mich: eine Kiste Wein mit einem Brief von Athos, Porthos und Aramis. Ich las den Brief und fing an zu lachen.
„Was schreiben sie denn?", fragte mein Gefangener neugierig.
„Sie haben in einem Wirtshaus getrunken und waren so übermütig, dass man sie verhaftet hat. Zum Trost, weil ich nicht dabei sein konnte, schicken sie mir diesen Wein."

„Was hören wir da? Wein?“, riefen meine Kameraden vergnügt. „Wem gehört diese Kiste?“

Und so wurde beschlossen, dass wir den Wein bei einem gemeinsamen Abendessen trinken würden.

Damit der Gefangene nicht auf den Gedanken käme, diese Gelegenheit zur Flucht zu nutzen, lud ich auch ihn ein.

Einige Tage später war es soweit. Wir hatten gerade die Suppe gegessen und wollten mit dem Wein auf meine Freunde anstoßen, da donnerten Kanonen.

Alle Soldaten rannten nach draußen. Bald sahen wir den Grund für die Aufregung: Der König und seine Musketiere waren hier!

Ich lief zu Athos, Porthos und Aramis. „Ihr kommt gerade recht. Trinken wir gemeinsam den Wein, den ihr mir geschickt habt.“

„Welchen Wein?“, fragte Athos verwundert.

„Wir haben dir keinen geschickt."
Porthos lachte. „Ist doch egal, woher der Wein kommt. Trinken wir ihn!"
„Nein", sagte Athos. „Nicht bevor wir wissen, wer ihn geschickt hat."
Ich zeigte meinen Freunden den Brief.
„Was? Niemand hat uns in einem Wirtshaus verhaftet!", rief Aramis ganz empört.
Alles, was in dem Brief stand, war gelogen!
Mit einem furchtbaren Verdacht rannte ich zurück ins Haus. Dort fand ich meinen Gefangenen regungslos am Boden liegend.
Der Wein war vergiftet!
Erschrocken sahen meine Freunde und ich einander an. Keiner von uns hatte mehr Appetit auf das Abendessen. Miladys Schatten hing wie eine Gewitterwolke über uns.

Frühstück unter Feinden

Ein paar Tage später kam Athos zu mir.
„Wir müssen reden."
„Über Milady?" fragte ich ihn.
Ich hatte ihren Namen nur geflüstert, trotzdem warnte mich Athos sofort: „Sei still!"
Er musterte misstrauisch meine Kameraden, die uns neugierig ansahen.
„Nicht hier im Lager", ergänzte er leise. „Wir brauchen einen ungestörten Ort."
Es war Morgen. Meine Kameraden und ich saßen gerade beim Frühstück. Am Abend zuvor hatte mein Regiment einen Wachturm gestürmt und die Feinde daraus vertrieben. Bestimmt würden sie bald zurückkommen und versuchen, die Bastion* wieder an sich zu reißen.
Während meine Kameraden von dem Kampf erzählten, hörte Athos eine Weile zu. Plötzlich

* Bastion = Schutzbau gegen Feinde

sagte er: „Ich wette mit euch, dass d'Artagnan, Porthos, Aramis und ich auf der Bastion frühstücken und es dort eine ganze Stunde lang aushalten werden, egal wie viele Feinde uns angreifen."

Alle bewunderten ihn für diesen tollkühnen Vorschlag! Die Wette wurde angenommen, das Frühstück in einen Picknickkorb gepackt, und wir vier machten uns auf den Weg. Das ganze Lager sah zu, wie wir zum Wachturm gingen.

„Athos, bist du dir sicher, dass das klug ist?", flüsterte ich. „Die Feinde werden auf uns schießen."

Er zuckte die Schultern. „Sollen sie ruhig. Ich fürchte mich nur vor den Feinden in unseren eigenen Reihen."

Ich dachte an den vergifteten Wein, an Milady und den Kardinal. Ein Schauder lief über meinen Rücken.

Als wir die Bastion erreichten, war von den Feinden noch nichts zu sehen.

Wir stiegen hinauf und während wir zu viert unser Frühstück aßen, erzählte mir Athos dieses Abenteuer: In der vorigen Nacht, während mein Regiment den Wachturm erobert hatte, waren Athos, Porthos und Aramis außerhalb des Lagers unterwegs gewesen. Plötzlich trafen sie auf der Straße einen einsamen Reiter.

Athos trieb sein Pferd auf ihn zu. „Halt! Wer bist du?"

Der Reiter hatte sein Gesicht mit seinem Umhang verdeckt, nun aber ließ er den Zipfel des Umhangs fallen. Es war der Kardinal!

„Kommt mit mir", befahl er meinen Freunden. „Ich habe etwas zu erledigen. Ihr sollt meine Leibwächter sein."

Sie begleiteten ihn zu einem Gasthaus. Dort mussten sie in der Stube warten, während der Kardinal die Treppe zu den Zimmern hinaufstieg.

Porthos und Aramis vertrieben sich die Zeit mit Würfelspielen. Währenddessen bemerkte Athos, dass man durch ein altes Ofenrohr belauschen konnte, was oben gesprochen wurde.
„Milady“, hörte er den Kardinal sagen.
„Hast du meinen Auftrag erfüllt?“
„Natürlich“, antwortete eine Frauenstimme.
Athos erschrak. Er kannte diese Stimme nur zu gut!

„Bevor ich einen neuen Auftrag annehme, brauche ich deine Hilfe", fuhr Milady fort. „Ich habe nämlich einen Feind. Sein Name ist d'Artagnan. Er weiß, dass ich seine Freundin Konstanze entführt habe, und will sich bestimmt an mir rächen."
„Was benötigst du von mir?", fragte der Kardinal.
„Eine Vollmacht", sagte Milady, „damit ich d'Artagnan erledigen kann, ohne ins Gefängnis zu kommen."
„Hast du Papier, eine Schreibfeder und Tinte?", fragte der Kardinal.
Athos hatte genug gehört. Er bat die anderen: „Sagt dem Kardinal, ich wäre vorausgeritten" und verließ die Gaststube.
Heimlich wartete er hinter dem Stall, bis der Kardinal wieder kam und mit den beiden Musketieren fortritt. Dann stieg er die Treppe hinauf und klopfte an die Tür von Miladys

Zimmer. Sobald Milady öffnete, zielte er mit seiner Pistole auf ihr Gesicht.
„Ich dachte, du wärst tot", begrüßte er sie. „Aber wie's scheint, will selbst der Teufel nichts mehr mit dir zu tun haben, meine liebe Ehefrau. Oder sollte ich sagen Milady?"
Milady wurde blass, als sie ihren Ehemann erkannte. „Was willst du von mir?", flüsterte sie.
„Die Vollmacht des Kardinals", verlangte Athos und Milady gab ihm das Papier mit zitternden Händen.
Das alles erzählte mir Athos beim Frühstück auf der Bastion. Er reichte mir die Vollmacht. Ich entfaltete sie und las: „In meinem Auftrag hat der Besitzer dieses Briefs getan, was immer er getan hat. Richelieu."
Als ich Athos die Vollmacht zurückgeben wollte, schüttelte er den Kopf. „Sie ist für dich."

„Was soll ich damit –"
Porthos und Aramis, die Wache gehalten hatten, schrien plötzlich: „Zu den Waffen!"
Wir sprangen auf und luden unsere Musketen. Eine Gruppe von Feinden näherte sich rasch. Sie schossen auf uns, aber wir waren die besseren Schützen. Als ihnen das bewusst wurde, ergriffen sie die Flucht. Wir rannten brüllend aus dem Wachturm, verfolgten sie und schwangen unsere Degen. So erbeuteten wir mehrere Musketen und eine Lanze. An die Lanze knoteten wir eine Serviette aus dem Picknickkorb und ließen diese „Fahne" über den Zinnen der Bastion wehen. Die Zuseher drüben im Lager jubelten!
Als die vereinbarte Stunde um war, machten wir uns auf den Rückweg. Athos blieb stehen.
„Hast du etwas vergessen?", fragte ich.
„Ja, die Serviette! Wir dürfen dem Feind keine Fahne überlassen." Flink rannte er zurück.

Ein ganzes Regiment der Feinde war schon in Schussweite. Die Kugeln pfiffen ihm nur so um die Ohren, aber Athos lachte bloß und schwenkte die Fahne. Drei Kugeln zerfetzten die Serviette.

Alle im Lager waren begeistert. Sie umarmten uns, schüttelten unsere Hände und beglückwünschten uns zu der gewonnenen Wette.

Der Kardinal schickte seine Spione aus, um zu erfahren, was los war. Er ließ goldene Lilien, das Zeichen des Königs, auf die Serviette sticken und überreichte sie Treville als neue Fahne seines Regiments.

„Das ist nicht gerecht“, widersprach Treville. „Nur drei von den vieren sind Musketiere.“

„Dann soll d'Artagnan hiermit auch einer sein“, entschied der Kardinal. „Er hat seinen Mut ja bewiesen.“

Du kannst dir sicher vorstellen, wie glücklich mich das machte! Endlich war ich ein Musketier. Mein Traum war in Erfüllung gegangen.

Miladys Rache

Noch etwas trug zu meinem Glück bei: Aramis hatte herausgefunden, dass sich Konstanze in einem Kloster nahe der Stadt Bethune versteckte. Bei der ersten Gelegenheit verließen wir vier das Lager und ritten nach Bethune. Leider wussten wir eines nicht: Milady war uns einen Schritt voraus. Sie wollte sich an Konstanze und mir rächen. So schmiedete sie einen teuflischen Plan.
Wir kamen zu spät. Als wir das Kloster erreichten und in Konstanzes Zimmer stürmten, war Milady schon fort.
Eine leise Stimme flüsterte: „D'Artagnan, bist du das? Ich kann nichts sehen. Mein Kopf tut so weh."
„Konstanze!" Sie lag auf einem Sessel, zu schwach, um zu stehen. Ich eilte hin. „Was ist passiert?"

Mit letzter Kraft murmelte Konstanze: „Milady. Sie … hat … mich … vergiftet“, bevor sie die Augen schloss.

„Halt durch!“ Ich ergriff ihre beiden Hände mit meinen. Ihre Finger waren eiskalt.

Porthos schrie laut um Hilfe. Aramis rannte zur Vorsteherin des Klosters, und Athos untersuchte das Wasserglas, in welches Milady das Gift gemischt hatte. Ich umklammerte Konstanzes Hände und wiederholte wohl tausend Mal: „Halt durch. Bitte halt durch! Alles wird gut." Aber es half nichts. Noch heute kommen mir die Tränen, wenn ich daran denke, wie Konstanzes Geschichte endete. Und was Milady angeht: Sie hatte sich überall Feinde gemacht und ist ihrer gerechten Strafe nicht entkommen. Doch davon will ich hier nichts weiter schreiben.

Tief betrübt ritten meine Freunde und ich zurück zum Lager. Auf dem Weg kam uns ein Reiter entgegen. Er rief: „D'Artagnan! Ich verhafte dich im Namen des Kardinals."

Wir zogen unsere Degen! Der Reiter wich zurück, denn er musste wissen, dass er gegen uns vier keine Chance hätte.

Athos sagte: „Das trifft sich gut. Wir sind nämlich gerade auf dem Weg zum Kardinal. Bis wir dort ankommen, bleibt unser Freund d'Artagnan bei uns. Wir Musketiere werden ihn streng bewachen." Dagegen konnte der Reiter nicht viel sagen.
Schon am nächsten Tag erreichten wir unser Ziel. Der Kardinal erwartete mich in dem Haus, in dem er während der Belagerung wohnte. „D'Artagnan", begrüßte er mich. „Was gibt dir das Recht, ständig meine Pläne zu durchkreuzen?"

Ich klopfte auf meine Tasche. „Ich habe eine Vollmacht.“

„Eine Vollmacht des Königs?“

„Nein. Eine Vollmacht des Kardinals.“ Ich zog sie aus der Tasche und reichte sie ihm. Das Herz schlug mir bis zum Hals.

Der Kardinal las die wenigen Worte. Ich weiß nicht, was ihm dabei durch den Kopf ging. Vielleicht hatte er heimlich selbst Angst vor Milady und war erleichtert, dass sie nun nicht mehr in seinem Namen Verbrechen begehen konnte. Er zerriss die Vollmacht, schrieb stattdessen ein paar Zeilen auf ein neues Blatt Papier und setzte sein Siegel darunter.
Dann reichte er mir das Papier. Es war eine Ernennung zum Leutnant der Musketiere! Man brauchte nur mehr den Namen der Person einzufügen. Ich traute meinen Augen kaum und wusste sofort: Wenn jemand diese Beförderung verdient hatte, dann nicht ich, sondern Athos, Porthos oder Aramis.
Also bedankte ich mich und kehrte zu meinen Freunden zurück. Zuerst zeigte ich Athos das Schriftstück des Kardinals.
Er las es und lächelte. „Für Athos, den einfachen Soldaten, ist das zu viel der Ehre“,

sagte er. „Und für den reichen Grafen, der ich einmal war, ist es zu wenig. Behalte diese Ernennung. Sie gehört dir."

Ich ging zu Porthos. Er trug einen neuen, schön bestickten Anzug und bewunderte sich gerade vor dem Spiegel.

„Willst du Leutnant der Musketiere werden?", fragte ich ihn und zog das Schriftstück aus meiner Tasche.

Porthos schüttelte den Kopf. „Ich habe vom Soldatenleben genug. Das ist mein Hochzeitsanzug. Ich werde eine reiche Witwe heiraten und die Armee verlassen."

Daraufhin ging ich zu Aramis. Er kniete vor einem kleinen Altar in seinem Zimmer und betete. Als ich ihm das Schriftstück reichte, winkte er ab. „D'Artagnan, du weißt, dass ich immer nur mit halbem Herzen Musketier war. Sobald die Belagerung endet, plane ich, in ein Kloster einzutreten. Ich bin mir sicher, du wirst

ein tapferer und wagemutiger Leutnant der Musketiere sein." Er nahm eine Schreibfeder, trug meinen Namen in die Ernennung ein und gab sie mir zurück.

Auf diese Weise wurde ich also Leutnant der Musketiere. Und auch wenn es in dem Moment nicht so aussah, blieben meine drei Freunde und ich unser Leben lang die „Unzertrennlichen". Wir würden noch viele gemeinsame Abenteuer bestehen – immer getreu unserem Wahlspruch: „Alle für einen, und einer für alle!"

Gut zu wissen!

LESEZUG-Klassiker

Der französische Autor des Buchs heißt Alexandre Dumas. Genau wie sein Held d'Artagnan zog er als junger Mann nach Paris, um dort sein Glück zu machen. Er wurde aber nicht Musketier, sondern Schriftsteller.
Eine neue Erfindung waren damals die Tageszeitungen. Viele von Dumas' Werken, auch „Die drei Musketiere", wurden als Fortsetzungsromane abgedruckt – jeden Tag ein Kapitel. Weil die Zeitungen ihre Autoren pro Zeile bezahlten, waren die Geschichten oft lang und ausschweifend.
Dumas schrieb sehr viel und schnell. Er saß manchmal bis zu 14 Stunden hintereinander an seinem Schreibtisch und veröffentlichte mehr als 600 Theaterstücke und Bücher! Daher entstand das Gerücht, er hätte eine „Schreibfabrik", in der andere Autoren in seinem Namen Werke verfassten.
Dumas' Leben liest sich wie einer seiner Romane.

Er verdiente viel Geld und gab es genauso rasch wieder aus. Er kämpfte als Revolutionär und duellierte sich. Er ließ sich ein Schloss und ein eigenes Theater bauen, aber bald musste er das Theater zusperren und das Schloss verkaufen.
Als ihm das Geld ausging, zog er nach Belgien, dann nach Russland und Italien, wo er für Freiheitskämpfer Waffen schmuggelte.
Sein Sohn hieß übrigens genau wie er: Alexandre Dumas.
D'Artagnan und die drei Musketiere Athos, Porthos und Aramis hat es tatsächlich gegeben. Ihre Namen stammen aus einem älteren Buch, den „Memoiren des Herrn d'Artagnan", das im Jahr 1700 erschienen war.

Die Abenteuer und die Persönlichkeiten der Freunde hat sich Dumas jedoch ausgedacht. Und er hat noch ein paar Bücher über sie geschrieben: Die ganze Musketier-Saga, zu der auch „Der Mann in der eisernen Maske“ gehört, umfasst mehr als eine Million Wörter.

Wie gut kennst du die Geschichte?

Mit den richtigen Antworten findest du das Lösungswort!

1. Wo sollten die Duelle zwischen d`Artagnan und den Musketieren stattfinden?

   Hinter dem Kloster **(D)**

   Hinter dem Gasthaus **(A)**

   Hinter der Stadtmauer **(T)**

2. Wie heißt der hinterlistige Kardinal?

   Richard **(U)**

   Richelieu **(E)**

   Raphael **(A)**

3. Woraus bastelten die vier Freunde eine „Flagge“?

   Taschentuch **(P)**

   Handtuch **(S)**

   Serviette **(G)**

4. Was bekommt d`Artagnan von der Königin geschenkt?

   Goldbarren **(M)**

   Schwert **(K)**

   Diamantring **(E)**

5. Welcher der Musketiere ist eitel und immer gut gelaunt?

   Aramis **(I)**

   Porthos **(N)**

   Athos **(L)**

Lösung:

____

Sudoku

Finde die fehlenden Symbole. In jeder Zeile und jedem Kästchen darf jedes Symbol nur einmal vorkommen.

Kreise ein!

Was gehört zu der typischen Ausrüstung eines Musketiers?

Hosenträger

Goldkette

Umhang

Ohrring

Knieschutz

Hut

Muskete

Degen

Stiefel

Gut versteckt!

Wo findest du diese Tiere im Bild?

Alle Lesezug-Bücher finden Sie unter

www.lesezug.at

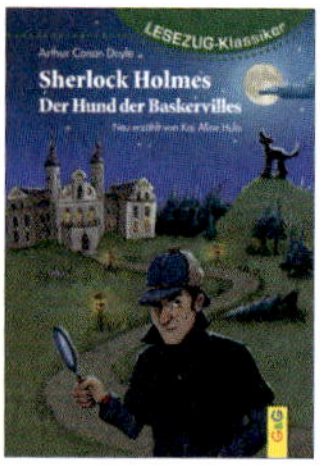

ISBN 978-3-7074-2560-4
3. Klasse, ab 7/8 Jahre

ISBN 978-3-7074-2520-8
3. Klasse, ab 7/8 Jahre

ISBN 978-3-7074-2287-0
3. Klasse, ab 7/8 Jahre

ISBN 978-3-7074-2069-2
3. Klasse, ab 7/8 Jahre

ISBN 978-3-7074-2347-1
3. Klasse, ab 7/8 Jahre

ISBN 978-3-7074-2141-5
3. Klasse, ab 7/8 Jahre

ISBN 978-3-7074-1971-9
3. Klasse, ab 7/8 Jahre

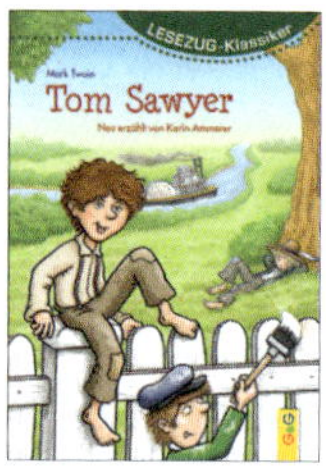

ISBN 978-3-7074-2116-3
3. Klasse, ab 7/8 Jahre

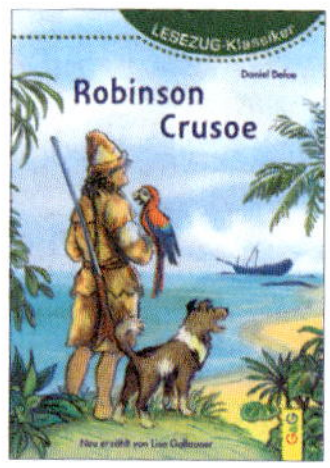

ISBN 978-3-7074-1815-6
3. Klasse, ab 7/8 Jahre

ISBN 978-3-7074-1850-7
3. Klasse, ab 7/8 Jahre

ISBN 978-3-7074-1814-9
3. Klasse, ab 7/8 Jahre

ISBN 978-3-7074-2209-2
3. Klasse, ab 7/8 Jahre

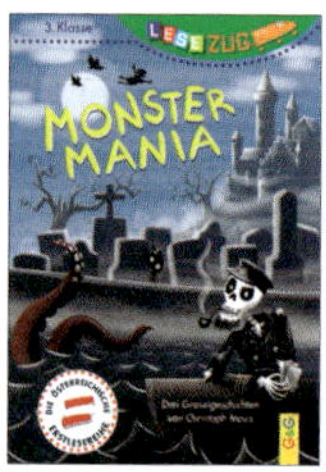

ISBN 978-3-7074-2300-6
3. Klasse, ab 7/8 Jahre

ISBN 978-3-7074-2519-2
3. Klasse, ab 7/8 Jahre

ISBN 978-3-7074-2008-1
3. Klasse, ab 7/8 Jahre

ISBN 978-3-7074-2110-1
3. Klasse, ab 7/8 Jahre

ISBN 978-3-7074-2263-4
3. Klasse, ab 7/8 Jahre

ISBN 978-3-7074-2006-7
3. Klasse, ab 7/8 Jahre

ISBN 978-3-7074-2324-2
3. Klasse, ab 7/8 Jahre

ISBN 978-3-7074-2351-8
3. Klasse, ab 7/8 Jahre

LESEZUG

ISBN 978-3-7074-2007-4
3. Klasse, ab 7/8 Jahre

ISBN 978-3-7074-2170-5
3. Klasse, ab 7/8 Jahre

ISBN 978-3-7074-2124-8
3. Klasse, ab 7/8 Jahre

ISBN 978-3-7074-2379-2
4. Klasse, ab 8/9 Jahre

ISBN 978-3-7074-2240-5
4. Klasse, ab 8/9 Jahre

ISBN 978-3-7074-2143-9
4. Klasse, ab 8/9 Jahre

ISBN 978-3-7074-2106-4
4. Klasse, ab 8/9 Jahre

ISBN 978-3-7074-2078-4
4. Klasse, ab 8/9 Jahre

ISBN 978-3-7074-2079-1
4. Klasse, ab 8/9 Jahre

ISBN 978-3-7074-2157-6
4. Klasse, ab 8/9 Jahre

ISBN 978-3-7074-1446-2
4. Klasse, ab 8/9 Jahre

ISBN 978-3-7074-1872-9
4. Klasse, ab 8/9 Jahre

ISBN 978-3-7074-1803-3
4. Klasse, ab 8/9 Jahre

ISBN 978-3-7074-1288-8
4. Klasse, ab 8/9 Jahre